SHŌ ET LES DRAGONS D'EAU

SHŌ ET LES DRAGONS D'EAU

Texte et illustrations
d'Annouchka Gravel Galouchko

Annick
Toronto • New York

Données de catalogage avant publication (Canada)

Galouchko, Annouchka Gravel
    Sho et les dragons d'eau

Publié aussi en anglais sous le titre : Sho and
the demons of the deep.
ISBN 1-55037-399-4 (bound)

I. Titre.

PS8563.A56S56 1995   jC843'.54   C95-930879-2
PZ23.G35Sh 1995

Les illustrations de ce livre ont été réalisées à gouache.
Composition en President.

Distribution au Québec :
Diffusion Dimedia Inc.
539, boul. Lebeau
Ville St-Laurent, PQ H4N 1S2

Distribution au Canada hors Québec :
Firefly Books Ltd.
250 Sparks Avenue
Willowdale, ON M2H 2S4

Distribution aux États-Unis :
Firefly Books (U.S.) Inc.
P.O. Box 1338
Ellicott Station
Buffalo, New York   14205

 Ce livre est imprimé sans produit acide.

Imprimé au Canada par
D.W. Friesen & Sons, Altona, MB

Ce livre est un hommage à Hokusai
qui fut un guide et m'inspira dans
mon voyage intérieur.

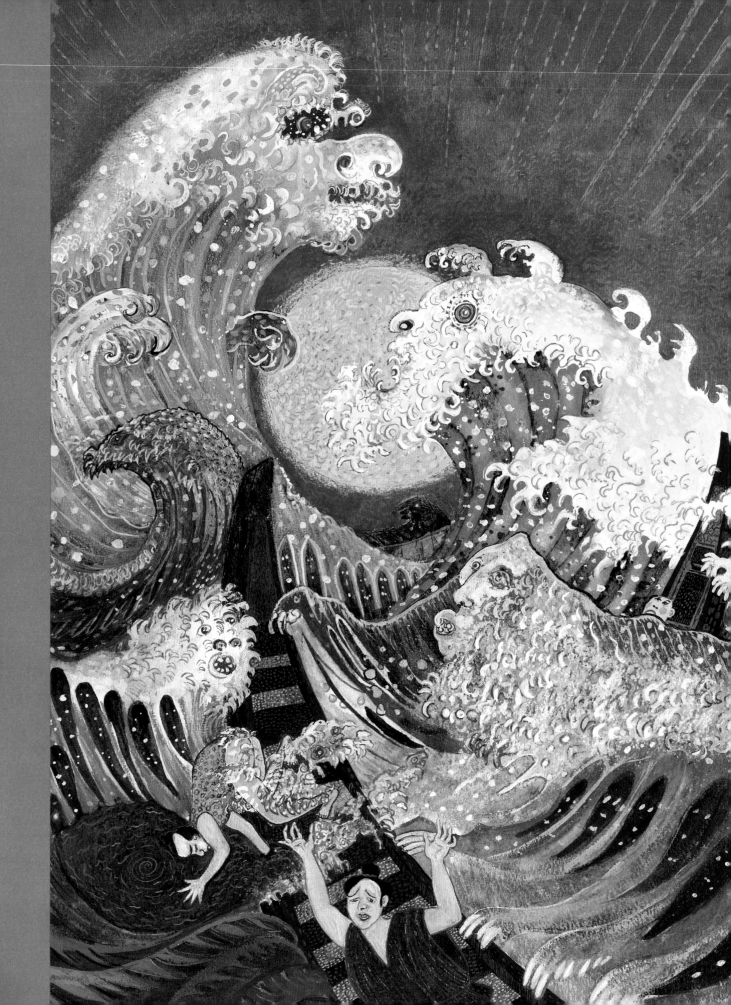

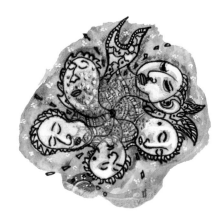

Il y a bien longtemps, au Japon, les gens avaient la mauvaise habitude de jeter à la mer tous leurs cauchemars. Comme ils en avaient peur et honte, ils les enfermaient dans des sacs qu'ils lançaient en cachette dans les vagues.

La mer, très malheureuse, devenait houleuse. Les sacs ballottés se déchiraient et des monstres hurlants et déchaînés en sortaient. Ils se dressaient très haut sur la crete des vagues, engloutissant les pêcheurs et leur barque.

Le poisson devenait tellement rare que seul l'empereur et quelques personnes fortunées pouvaient s'en procurer.

Dans un village côtier vivait une riche famille. Elle avait à son service une petite fille qui travaillait au jardin. Shō avait dû quitter l'école pour aider ses parents à gagner leur pain. Le papa de Shō était pêcheur et comme tous ceux de son village, il était sans travail.

Shō était un véritable rayon de soleil. Elle avait un don: elle savait lire dans les cœurs. Shō pouvait même lire dans le cœur des pierres, tendre malgré ce qu'on en disait.

Bien souvent, les gens du village lui demandaient conseil. Un soir d'été, trois pêcheurs vinrent la trouver.

Ils se confièrent:
«La situation dans laquelle nous vivons ne peut plus continuer; la mer, pleine de démons, est montée contre nous. Au village, c'est la misère, les gens n'ont plus assez d'argent pour s'acheter du riz. On a même peur d'aller sur la plage ramasser des coquillages et des algues pour la soupe.»

Shō, après les avoir écoutés, leur dit: «Nous pourrons nous libérer des monstres, mais à trois conditions: persuadez les gens d'arrêter de jeter leurs cauchemars dans l'océan. Puis, lorsque la mer sera apaisée, le poisson de votre première semaine de travail devra nourrir les plus démunis. Mais avant, nous devons tous les quatre rassembler notre courage pour affronter la mer et ses démons.»

À minuit, Shō et les trois pêcheurs grimpèrent dans un petit bateau. La pleine lune éclairait la mer. Des vaguelettes argentées léchaient la coque. Sous les flots, les monstres sommeillaient. Bientôt, la côte endormie s'évanouit dans le bleu velouté.

Shō se leva au milieu de l'embarcation. Elle appela gentiment les cauchemars: «Venez, venez mes mignons!» Aussitôt les dragons d'eau surgirent dans un fracas épouvantable autour du bateau. Ils rugissaient, crachaient de l'écume au sommet des vagues. Les monstres d'eau tentaient de faire mourir de peur les passagers. Nos pêcheurs blêmes s'agrippaient désespérément aux rebords de la barque. La petite ne bronchait pas. Son cœur était serein.

S'adressant alors aux cauchemars, elle leur dit: «Mes chers dragonnets, vous n'êtes que de petites bulles d'air qui s'agitent à la surface de l'eau. Le vent s'amuse de vous et bientôt vous éclaterez!» Les monstres n'en croyaient pas leurs oreilles; le sourire paisible de l'enfant les rendait complètement impuissants. Ils finirent par disparaître dans l'écume.

Une fois que les villageois comprirent qu'ils ne devaient plus jeter leurs cauchemars à la mer, le poisson abonda sur la place du marché. C'était la fête et tout le monde mangeait à sa faim.

Mais, avec le temps, les cauchemars s'accumulaient dans les placards des maisons. Bientôt, il n'y eut plus de place où les cacher.

Alors, un personnage sombre, profitant du trouble que régnait chez les habitants, frappa à leur porte. Il poussait devant lui une énorme charrette. Il se présenta à la population comme l'éboueur de l'empereur, chargé de ramasser les sacs à cauchemars. Pour chaque sac, il demandait une somme d'argent, et plus le sac était lourd, plus c'était cher. Les habitants acceptèrent le marché, soulagés à l'idée de nettoyer leur maison.

L'homme se remplit les poches d'argent et, la nuit venue, déversa dans l'océan des milliers de sacs puis fila en douce. Encore une fois les monstres avaient envahi la mer et tout était à recommencer.

Lorsque, pour la seconde fois, on demanda son aide à Shō, elle comprit qu'il fallait d'abord enseigner à la mer un moyen de se libérer de ses démons.

L'enfant se rendit dès l'aube sur la plage et parla à l'océan: «Tu dois te défendre contre les cauchemars. À marée haute, rassemble tes forces et tes vagues et, d'un seul élan, crache les dragons d'eau sur le sable. N'aie pas peur, sinon tu ne pourras jamais t'en libérer.»

Le soir même, une énorme tempête se prépara. On pouvait apercevoir au loin, la mer, pareille à une nappe noire, se soulever et s'agiter. Sous la clarté lunaire, une vague gigantesque s'approchait, menaçant les côtes.

Soudain, le vent s'éleva,
hurla et fouetta les arbres.
Un tumulte épouvantable de
roulements de tonnerre et de
claquements d'éclairs,
secoua tout le pays.

Les gens s'étaient
rassemblés sur les falaises
pour assister au spectacle.

Dans une pulsion
extraordinaire, l'océan
vomit une avalanche de
cauchemars. Les monstres
s'écrasèrent et s'évanouirent
sur le rivage en un tas
d'écume verdâtre.

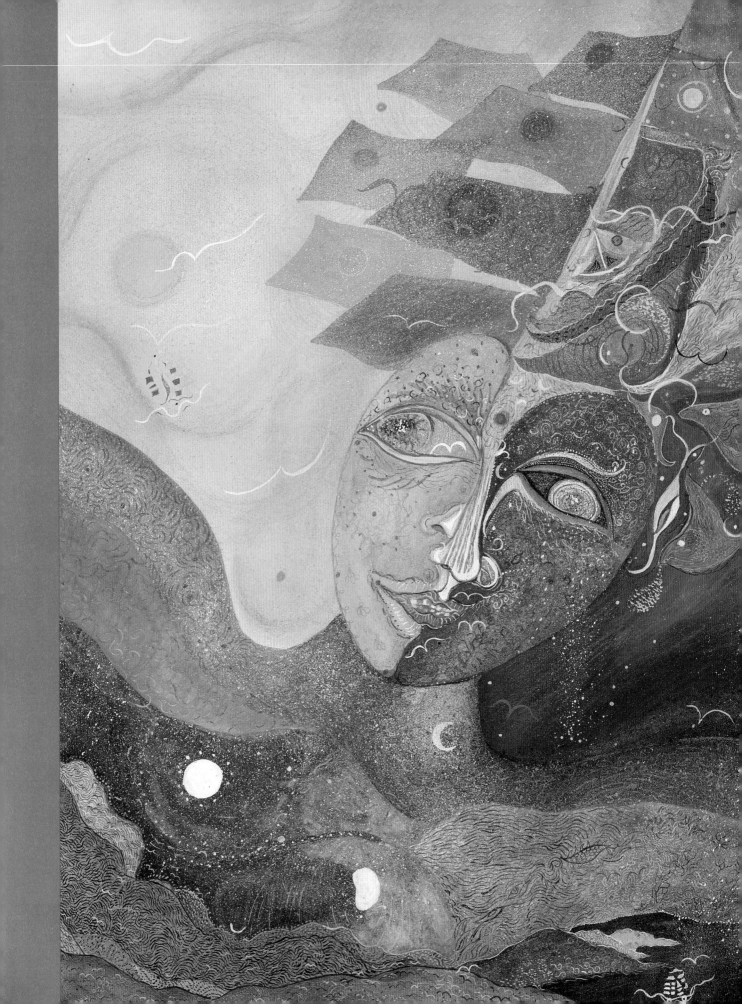

Soulagée, la nature
s'apaisa. Puis, dans les cris
d'allégresse, les villageois
dansèrent sur les plages.
Toute la nuit, on chanta la
mer autour des feux de joie.

Enfin, l'océan respirait. Les
dauphins bondissaient
joyeusement dans ses vagues
tandis que le chant des
oiseaux colportait la bonne
nouvelle. Les forêts et les
montagnes resplendissaient
de joie.

Les enfants, les premiers, demandèrent son secret à Shō. Elle leur apprit à s'amuser avec leurs cauchemars au lieu d'en avoir peur. Pour cela, il fallait les sortir de leur cachette sombre, non pas pour les jeter à la mer, mais pour les lancer dans le ciel. *«Ne vous inquiétez pas, leur disait-elle, ils ne se transformeront pas en méchants dragons du ciel! Les cauchemars détestent la lumière!»*

Tatsuomi, un petit garçon très imaginatif, eut l'idée de découper, dans ses cauchemars, les formes les plus drôles et de les décorer des couleurs de l'arc-en-ciel.

Les autres enfants, émerveillés de le voir s'amuser autant, se mirent à peindre leurs rêves.

La magie du jeu changea leurs cauchemars en bêtes et en masques fabuleux. Ils lancèrent leurs dessins dans le vent.

Bientôt, ce fut au tour des parents de les imiter. L'un d'eux tendit son cauchemar apprivoisé sur des baguettes de bois qu'il attacha à une très longue ficelle. Il offrit au vent son rêve qui s'éleva dans la lumière. La foule, hypnotisée par cet être lumineux flottant dans l'espace, découvrait le cerf-volant.

Depuis ce temps, partout dans le monde, des festivals bigarrés célèbrent les dragons lumineux. Parents et enfants fabriquent ensemble leurs cerfs-volants, dans un moment de tendre abandon. Et c'est ainsi qu'on peut voir monter et s'épanouir, dans l'or du ciel, les dragons de leurs nuits.

Autres livres illustrés par
Annouchka Gravel Galouchko :

Le Mystère de l'île aux épices
The Treasures of Trinkamalee

ANNOUCHKA GRAVEL GALOUCHKO

Il y a quinze ans, Annouchka sillonnait les routes d'Amérique avec sa flûte. Elle faisait danser les coeurs des badauds qui au détour d'une rue s'arrêtaient pour jeter quelques pièces dans un chapeau.

La magie, le rêve et la fantaisie sont toujours au rendez-vous. Le languge des lutins et des elfes, celui-là même qui forgea les contes de tous les pays, est celui de son art.

Qu'elle prenne un pinceau, un crayon ou une flûte : l'enchantement nous guette.